DE AVONTUREN VAN SAM SABEL

Het spookschip

Verzamel alle boeken van *Sam Sabel:*

Voor 'Webman',
onze websiteheld — alias Alan Tindley.

De avonturen van Sam Sabel

Het spookschip

JAN BURCHETT & SARA VOGLER
Illustraties van Leo Hartas

DELTAS

KOLONIES
VAN DE
NIEUWE
WERELD

Hier ligt
de schat

SKELETEILAND

Galgenpunt

Drakeneiland

Bridgetown
BARBADOS

DE
ZEE-
WOLF

Kajuit van de Kapitein
Hangmatten
Kanondex
Kombuis
Ruim

HOOFDSTUK EEN

Het was een regenachtige maandagochtend
en Sam maakte zich klaar om naar school
te gaan. Maar veel zin had hij niet.

'Ik kan niet geloven dat meneer Dieltjens ons
een hele week verbiedt te voetballen', gromde hij
bij zichzelf. 'Alleen maar omdat iemand de bal te
hard heeft geschopt en de tomaten van de vierde
klas verpletterd heeft.'

Toen schoot een idee als een kanonskogel
door zijn hoofd. Hij wist hoe hij zichzelf kon
opvrolijken. Hij graaide een oude fles van zijn

boekenplank en schudde er een antieke gouden dubloen uit.

Sam ontdekte altijd leuke voorwerpen op het strand vlak bij zijn huis in Binnenwaterbaai, maar deze vuile fles was anders. Hij had niet alleen een gouden munt in de fles gevonden, maar ook een brief van een van zijn voorvaderen, een woeste piraat genaamd Jozef Sabel. De brief had hem verteld waar een gigantische schat verborgen lag en nadat hij over de munt gewreven had, was er iets ongelooflijks gebeurd. Hij was driehonderd jaar in de tijd teruggeslingerd tot het jaar 1706 en had zich aangesloten bij de bemanning van een piratenschip, de *Zeewolf*. Kapitein Kling en zijn dappere mannen waren wat graag bereid om de Caribische Zee te bevaren op zoek naar de schat, en dus hadden ze meteen koers gezet.

Sam besloot om te kijken wat de piraten vandaag van plan waren. En hij hoefde zich er geen zorgen over te maken dat zijn mama en papa hem zouden missen en zoekacties op touw zouden zetten – niet één seconde ging voorbij in het heden terwijl hij zeerover speelde…

Sam ruilde zijn schoolkleding vliegensvlug voor de afgesleten jeans en T-shirt die hij gedragen had op de *Zeewolf*. Hij riskeerde niet dat zijn schooluniform in flarden gescheurd werd! Zijn mama zou door het lint gaan.

Hij wreef met de munt over zijn mouw en wachtte tot het duizelige gevoel kwam dat hem overvallen had toen hij de eerste keer teruggekeerd was in het verleden. Maar er gebeurde niets. Hij wreef nog harder met de munt, maar hij bleef zitten op zijn bed. Beteuterd staarde Sam de dubloen aan. Misschien werkte het maar één keer en zou hij nooit meer aan boord van de *Zeewolf* gaan. Zijn hart zonk hem in de sportschoenen.

Maar toen schoot het hem te binnen: de vorige keer had hij op de munt gespuwd voor hij ermee gewreven had. Misschien moest Sam dat opnieuw doen om het te doen lukken. Hij besloot het erop te wagen...

Plots begonnen de muren in Sams

slaapkamer razendsnel te tollen. Hij voelde een oorverdovende luchtvlaag om zich heen en hij had het gevoel alsof hij opgezogen werd in een gigantische stofzuiger. Verrukt sloot hij zijn ogen.

'*Zeewolf*, ik kom eraan!' gilde hij.

Sam belandde met een plof op een harde houten vloer en opende zijn ogen.

Cool! Net als de vorige keer lag hij in het ruim van het piratenschip.

Een meisje met ruw gekapt haar en een piratenkniebroek stond over hem heen gebogen, en gilde uit volle borst.

Het was zijn vriendin Charlie. Sam klauterde overeind. Ze moet gezien hebben hoe hij plots uit het niets opdook. Welke uitleg moest hij nu verzinnen?

Charlie greep een zwabber. 'De geest van Sam Sabel!' schreeuwde ze, en probeerde hem op zijn hoofd te meppen. 'Teruggekomen om ons te kwellen! Laat me met rust, afgrijselijk spook!'

'Ik ben geen spook', zei Sam, die probeerde de zwabber te ontwijken.

'Toch wel', zei Charlie die opnieuw uithaalde
naar zijn gezicht. 'Toen je midden op de
oceaan plots verdween, zei de bemanning dat
je verdronken moest zijn. En een week later
verschijn je plots uit het niets! Geen enkel
sterfelijk wezen krijgt zoiets voor elkaar.
Verdwijn, boosaardig schepsel uit de hel!'

'Je vergist je…' begon Sam.

'Ik dacht dat je mijn vriend was', ging Charlie
woedend verder, die hem achtervolgde door
het ruim heen. 'Vrienden komen niet terug om
anderen de stuipen op het lijf te jagen.'

De natte zwabber raakte hard zijn hoofd.

'Bah!' riep Sam, die het water uit zijn ogen wreef. 'Kijk, als ik een geest was dan zou die zwabber recht door me heen zijn gegaan, of niet soms?'

Charlie keek hoe het water van Sams neus druppelde. 'Ja, je hebt gelijk, denk ik', zei ze onzeker.

'Ik leef echt nog', benadrukte Sam.

'Ahoi daarbeneden, Charlie', kwam een stem vanaf het dek boven hen. 'Alles oké, daar?'

Even leek het alsof Charlie om hulp zou roepen.

'Je moet me geloven', smeekte Sam.

'Charlie!' luidde het opnieuw. 'Wat is er aan de hand?'

'Alles oké!' riep Charlie terug. 'Ik kom direct.' Ze zette de zwabber aan de kant. 'Je bent me wel een woordje uitleg verschuldigd, Sam Sabel', sprak ze. 'De ene minuut kom ik hier zeildraad zoeken en de volgende lig je aan mijn voeten met een dwaze glimlach op je gezicht.'

Sam haalde diep adem. Er zat maar één ding op. Hij moest haar de waarheid vertellen.

Hij tuurde het ruim in om zeker te zijn dat niemand stond te luistervinken.

'Herinner je je nog dat ik soms dingen zei die je vreemd vond?'

Charlie knikte. 'Zoals com-pu-ters… en… tele-foons… en meisjes die voetballen?'

Sam knikte. 'Zie je, ik kom niet uit jullie tijd. Ik kom uit de twintigste eeuw.' Charlies ogen werden groot van verbazing en haar mond viel open toen hij haar vertelde over hoe de munt hem naar de *Zeewolf* gebracht had. 'En zo verscheen ik plots uit het niets', besloot hij.

'Je praat als een gek', zei Charlie, die weer begon te zwaaien met de zwabber.

Sam haalde zijn munt tevoorschijn. 'Ik zweer een pirateneed op Sabels dubloen dat ik een tijdreiziger ben.'

Charlie keek hem bedachtzaam aan.

'Je weet dat je mij kunt vertrouwen', drong Sam aan. 'Ik hielp je te ontsnappen aan die mannen van je stiefvader.'

'Wel, ja…' gaf Charlie toe.

'En ik heb de bemanning niet verklapt dat je eigenlijk een meisje bent.'

'Nee.'

'En toen ze het ontdekten en zeiden dat meisjes aan boord ongeluk brachten', vervolgde hij, 'heb ik dan niet geprobeerd te verhinderen dat ze je de voeten zouden spoelen?'

'Dat is waar', zei Charlie traag. Ze dacht terug aan het moment waarop de bemanning haar van de loopplank wilde laten springen.

'Dan moet je me geloven', smeekte Sam. 'Maar vertel het aan niemand, zelfs Fernando niet.'

Charlie legde haar zwabber neer. 'Goed dan', grinnikte ze. 'Je geheim is veilig bij mij.'

Sam stak zijn hand op. 'High five!'

Charlie keek hem verward aan. 'Dat is iets wat we doen wanneer we gelukkig zijn. We slaan onze handen tegen elkaar.'

Charlie klapte haar hand tegen de zijne.

'De mannen zullen opgetogen zijn als ze vernemen dat je nog leeft!' riep ze uit.

'Er is maar één probleem', zei Sam. 'Hoe ga ik uitleggen waar ik al die tijd geweest ben?'

'Hé, iedereen!' riep Charlie, toen ze de trappen opgeklommen had en weer op het dek verschenen was. 'Kom eens kijken wie hier is!'

Sam volgde haar en beschermde zijn ogen tegen het felle zonlicht. De *Zeewolf* schoot met bolle zeilen door het blauwe water. Wat was het heerlijk om terug te zijn!

'Wel, schiet me nu de vlaggenmast op!' stotterde een blij kijkende piraat, en liet het vat vallen dat hij op zijn schouders droeg. 'We dachten allemaal dat je dood was, jongen!'

'Inderdaad, Ned', beaamde Harry Hinkel, de eerste stuurman. Hij sloeg zijn kijker dicht en snelde naar Sam toe om hem de hand te schudden, zijn houten been tikkend op de houten planken. 'Iemand moet het kapitein Kling vertellen.'

Een grote man met een piratenhoed en riemen vol wapens schreed over het dek. Het was kapitein Kling, de aanvoerder van de piratenbende. 'Bij Jupiter,' bulderde hij, 'we hadden niet gedacht ooit nog onze uitkijk terug te zien.'

'We waren ervan overtuigd dat je uit het kraaiennest gevallen was en verdronken', vertelde Ned hem. 'We vonden alleen je kijker, gilet, halsdoek en riem, die we hebben laten liggen als een teken van respect voor een dappere piraat.'

'Het was meer dan genoeg om een volwassen man aan het huilen te brengen', voegde Peter de kok eraan toe, terwijl hij zijn ogen droogwreef.

'Maar waar ben je al die tijd geweest?' vroeg de kapitein. 'Je hebt nooit toestemming gevraagd om aan land te gaan.'

Sam slikte. Wat moest hij zeggen?

'Daar kan ik een antwoord op geven', zei Charlie snel.

'Waarvan houdt een piraat het meest?'

Sam keek haar verbaasd aan. Wat was ze van plan? Iedereen wist dat piraten het meest van schatten hielden. Als ze dachten dat hij op zoek was gegaan naar goud, zouden ze hem meteen de voeten spoelen.

'Dat is een makkie voor mij', antwoordde Harry Hinkel. 'Mijn oude moeder.'

'Aye', beaamden de piraten in koor. 'Onze moeders!'

'Nou, dat was ook zo bij Sam', zei Charlie, die hem aankeek en hard knikte. 'Is het niet, Sam?'

Sam begreep de boodschap. 'Zo is het', zei hij. 'Ik moest naar huis om mijn mama te helpen.' Dat was geen leugen. Sam was zonder waarschuwing terug in de toekomst gezogen. En net op tijd om te helpen met de kassa van de viswinkel van zijn ouders.

'Natuurlijk kwam zijn moeder op de eerste plaats!' verklaarde Harry Hinkel. 'Hij is een Sabel. En dus schuilt er een edel hart in deze jongen. Maar één ding snap ik niet, Sam. Hoe heb je het schip verlaten zonder een van de sloepen te nemen?'

'Wel… euh…' hakkelde Sam.

Opnieuw redde Charlie hem. 'Hij is een Sabel!' riep ze uit. 'Hij weet hoe hij moet wegglippen. Je

verwacht toch niet dat hij al zijn
piratentrucjes verklapt?'

Dit leverde Sam nog meer
hartelijke schouderklopjes op.
Zelfs Sinbad, de kribbige scheepskat, blies hem
vriendelijk toe.

'Je hebt een aardje naar je vaartje', Sam!' gniffelde Ned. 'Is hij niet helemaal zijn grootvader?'

De bemanning ging ervan uit dat Sam de
kleinzoon was van Jozef Sabel. Sam kon niet
vertellen dat er eigenlijk nog heel wat generaties
tussen hen in stonden.

Zoef! Een mes flitste voorbij Sams neus en plantte
zich in het dek tussen zijn voeten. Een graatmagere
jongen met wild krullend haar slingerde omlaag
vanaf de touwen boven zijn hoofd.

Grijnzend trok Sam het mes uit het hout. 'Ik zie
dat je nog steeds evengoed kunt mikken, Fernando!'

Zijn vriend sprong op het dek. 'Hoe weet je
dat ik niet naar jou mikte?' vroeg hij bars. Hij
sprak met een sterk Spaans accent. 'Je verdient het
omdat je ons zo in de steek liet.' Toen lachte hij
en gaf Sam zo'n stevige knuffel dat die bijna naar
adem hapte. 'Maar ik ben blij jou te zien.'

'Het is fijn om jou weer aan boord te hebben, jongen', sprak kapitein Kling. 'Vooral nu we alweer een schat op het spoor zijn.'

'Cool!' riep Sam uit.

'Cool?' Ned legde zijn reuzenhand op Sams voorhoofd. 'Ben je ziek, jongen?' vroeg hij bang. 'Het is vandaag heter dan een bakkersoven!'

'Ik voel me prima', zei Sam snel. Hij moest eraan denken voorzichtig te zijn met wat hij zei. Hij wilde niet dat de bemanning dacht dat hij gek was.

'Ik bedoel, dat is geweldig, kapitein. Ligt de schat nu ook weer op een eiland?'

'Nee, op een Spaans koopvaardijschip', vertelde kapitein Kling hem met een twinkeling in zijn ogen. 'Het vervoert goud van Zuid-Amerika naar de Spaanse koning. Maar we hebben besloten dat

Zijne Majesteit al meer dan genoeg goud heeft en dat dit dus de buit van de *Zeewolf* wordt.'

'Prima!' zei Sam. 'Met het goud dat we op Skeleteiland vonden erbij, wordt onze schat dubbel zo groot.'

Plots zweeg iedereen. Verschillende piraten begonnen te blozen en Sinbad had ineens erg veel zin om zijn oren te wassen.

'Ah', zei Harry Hinkel uiteindelijk, verlegen schuivend met zijn houten been. 'Om je de waarheid te vertellen, de kisten zijn leeg. We hebben heel wat voorraad ingeslagen, snap je.'

'En daarna betaalden we een rondje in de kroeg', vulde Ned aan. 'Tweemaal.'

'En daarna gingen we een weddenschap aan', gaf Harry Hinkel toe. 'We wedden met de bemanning van de *Jolige Zwaardvis* dat Peter meer taarten opkon dan hun kok.'

'En ik verloor', zei Peter, die bedroefd op zijn magere buik klopte. 'En ik was nog wel de hele morgen aan het bakken geweest…'

Sam probeerde niet te lachen. Peters kookkunsten waren zo ondermaats dat zelfs de ratten er hun neus voor ophaalden.

Kapitein Kling draaide zijn ring rond zijn vinger. Zelfs hij keek verlegen.

'Mijn excuses dat we jouw deel van de schat geleend hebben', gaf hij toe. 'We moesten Peters doktersbezoek betalen na de weddenschap.'

Sam liet zijn blik glijden over de rode gezichten van de bemanning. 'Geen zorgen', zei hij vrolijk. 'Ik kan ze toch niet meenemen naar mijn mama, hè?' Dat was waar. Hij kon ze niet meenemen naar de toekomst, maar de bemanning keek verbaasd.

'Hij moet licht gepakt reizen', hielp Charlie, die Sam een blik toewierp.

'Precies', beaamde Sam. 'Het is moeilijk om weg te glippen met zakken vol goud.' Hij wreef zijn handen over elkaar. 'Dus jullie hebben die Spaanse buit echt nodig.'

'Zo is het maar net, jongen', antwoordde de kapitein. 'En je bent net op tijd om Steve af te lossen in het kraaiennest. Klim dus maar omhoog – en vlug wat!'

'Aye, aye, kapitein', verklaarde Sam met een snelle saluut. 'Ik kom die schurftige Spanjaarden wel op het spoor!'

Hoofdstuk Drie

Sam was halverwege de touwladders voor zijn
taak als uitkijk, toen hij een oorverdovende
schreeuw boven zich hoorde. Hij schrok zich
een hoedje en dook bijna het water in. Toen
hij opkeek, zag hij een bundel heldergroene
veren, een kromme snavel en een paar zwarte
kraalogen. Een papegaai rustte op de rand van
het kraaiennest, en staarde ernstig op hem neer.

'Precies wat we nodig hebben op de *Zeewolf*!'
riep Sam verrukt uit. 'Elk piratenschip zou zijn
papegaai moeten hebben.' De papegaai ging op

Sams schouder zitten en tuurde naast hem voor zich uit. 'Yo ho ho', sprak hij plechtig.

'Een piratenpapegaai!' zei Sam. 'Nog beter. Kom, dan stel ik je voor aan de kapitein.' Hij klauterde omlaag naar het hoofddek, met de papegaai op zijn schouder.

Fernando legde net een versleten zeildoek open, waarbij zijn lange, krullende haren over zijn gezicht vielen.

'Ahoi, schatje', snaterde de papegaai bij wijze van begroeting.

Fernando liet het zeil vallen. 'Waar haal je die vandaan?' vroeg hij. Tot Sams verrassing leek hij bang.

'Hij zat in het kraaiennest', antwoordde Sam. 'Wat scheelt er, Fernando? Houd je niet van papegaaien?'

'*Ik* heb geen last van papegaaien', sprak Fernando, en aaide de papegaai onder zijn kin. 'Maar kapitein

Kling… wel, dat is een andere zaak. Hij wil er geen aan boord. Hij is er bang voor.'

'Kapitein Kling?' vroeg Sam verbaasd. 'Maar die is toch nergens bang voor? Hij is de meest onverschrokken piraat in de hele Caraïben.'

'Niet zo luid!' waarschuwde Fernando hem. 'Ik heb me laten vertellen dat een papegaai zijn rammelaar gestolen heeft toen hij nog een baby was. En daarom wil hij er geen aan boord van de *Zeewolf*.'

'Maar elk piratenschip moet een papegaai hebben', protesteerde Sam.

'Niet dit schip', zei Fernando. Hij wierp een blik over Sams schouder. 'Daar komt hij net aan. Verstop je maar.' Hij grinnikte gemeen. 'Veel succes!'

Sam dook weg achter het grootste kanon op het dek, met de papegaai nog steeds op zijn schouder.

'Beman de kanonnen!' zei de vogel in zijn oor.

'Sssst!' siste Sam. Hij hoorde Fernando een lach onderdrukken.

Kapitein Kling kwam naderbij. Zijn wapens glinsterden in zijn riem en zijn lange haren wapperden in de wind. 'Er is niemand op de uitkijk', zei hij. 'Waar is Sam? Terug naar zijn moeder? Ik vil de jongen levend als ik hem te pakken krijg.'

Sam besefte dat hij flink in de penarie zat. Hij moest ongezien naar het kraaiennest glippen – en zijn nieuwe vriend meenemen.

Maar de papegaai had de kapitein gezien.

'Wee je gebeente, jij schurftige schelm!' snaterde hij.

De kapitein draaide zich om. 'Wie zei dat?' snauwde hij.

Sam dwong de papegaai onder het kanon en sprong overeind. 'Dat was ik, kapitein', zei hij. 'Ik was mijn beste piratentaaltje aan het oefenen.'

'Zeepokken op je kont!' beaamde de papegaai vanuit zijn schuilplaats.

'Dat was jij niet', zei de kapitein, die bleek om zijn neus werd. 'Je lippen bewogen niet.'

Toen hoorden ze een onstuimig fladderend geluid, waarop de papegaai omhoogvloog, op de hoed van de kapitein landde en begon te knabbelen aan de rand.

Sam zag dat Fernando stond te schaterlachen achter zijn zeil.

Kapitein Kling bevroor. 'Is dat wat ik denk dat het is?' vroeg hij met trillende stem.

Sam dacht razendsnel na. 'Euh, nee. Het is geen papegaai', zei hij dapper. 'Hij zat in het kraaiennest, dus moet het een kraai zijn! Ik wilde het nieuwste bemanningslid aan u voorstellen.'

'Een kraai, zeg je?' fluisterde de kapitein, bibberend in zijn laarzen. 'Een beetje kleurrijk voor een kraai, toch?'

'Het is een Caribische kraai, kapitein', zei Sam vastberaden.

'Maar kraaien praten niet', zei de kapitein.

'Caribische kraaien wel', hield Sam vol.

'Het is zonder twijfel een Caribische kraai!' riep Fernando.

'Kraai!' krijste de papegaai.

'Zie je', ging Sam voort. 'Hij kent zelfs zijn naam. Brave vogel, Kraai.'

Hij liet de vogel op zijn vinger springen.

Kapitein Kling fatsoeneerde zijn gehavende hoed en vertrok richting het roer, bleek onder zijn zwarte baard. 'Die… kraai blijft maar beter uit mijn buurt of ik spoel hem de poten', gromde hij. 'En jou ook, als je niet meteen op de uitkijk staat, Sam Sabel!'

Met de papegaai op zijn schouder schoot Sam de touwladders op en hees zichzelf in de kleine mand boven in de top van de mast.

Kraai sprong op de rand. 'Hijs het bezaanzeil!' kraaide hij luid. 'Yo ho ho!'

'Een goede raad', waarschuwde Sam hem. 'Geen yo-ho-ho in de buurt van de kapitein als je de papegaai van de *Zeewolf* wilt zijn.'

Hij zette zijn kijker aan zijn oog en speurde de horizon af op zoek naar het Spaanse galjoen. De zee sprankelde in de felle zon. Hij bemerkte weliswaar een paar schepen in de verte, maar Sam zag aan de gehavende romp en zwarte zeilen dat het piraten waren. Kapitein Kling zou geen tijd verspillen aan een zeeslag met hen, niet nu hij een schat op het spoor was.

Sam tuurde trots omlaag naar zijn eigen schip. Het boegbeeld van de springende wolf stak uit

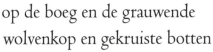

op de boeg en de grauwende wolvenkop en gekruiste botten fladderden aan de hoofdmast.

Hij richtte opnieuw zijn kijker. Ver voor zich uit zag hij in een flits een wit zeil. Hij zocht met zijn kijker de mast om de vlag te identificeren.

'Schip ahoi, kapitein', riep hij. 'Aan stuurboord. Op drie uur.' Sam had geleerd naar de zee te kijken alsof het een klok was en het schip er zich middenin bevond. Recht vooruit was twaalf uur en recht achteruit, over het achterschip, was zes uur.

Kapitein Kling focuste zijn kijker.

'Witte vlag met Spaans wapenschild', verkondigde hij. 'Een driedekker en stevig bewapend. Dat is de *San Paulo*. Dat is onze prooi!'

Hij richtte zich opgewonden naar zijn bemanning. 'Alle hens aan dek!' brulde hij. 'Vuur een paar schoten voor de boeg om te tonen dat we het menen. Die schat is weldra van ons!'

HOOFDSTUK VIER

Sams hart bonsde van opwinding toen hij de touwen afklauterde. De *Zeewolf* lag bijna naast de *San Paulo*. Door de kanonnenrook heen zag hij hoe de bemanning touwen met enterhaken gooide naar het vijandige schip. Ze klemden zich als klauwen op de reling. Nu kon het Spaanse vaartuig niet meer ontsnappen. Twee piraten sloegen een hevig ritme op hun trommels om de Spanjaarden angst aan te jagen.'

'Beman de kanonnen!' snaterde Kraai, die op Sams schouder landde.

'Je kunt niet met ons mee', zei Sam nadrukkelijk. Hij stak een vinger uit en de papegaai sprong erop. 'Blijf op deze ton zitten tot ik terugkom. Hier ben je veilig.'

Miauw! Een bal zwarte vacht schoot uit het niets tevoorschijn en wierp zichzelf op de ton.

'Verlaat het schip!' krijste Kraai, en vloog in paniek weer hoog de mast in.

Sinbad bleef zitten op de ton, zijn gele ogen gefixeerd op de papegaai. *Oeps!* dacht Sam. Hij had helemaal niet gedacht aan de scheepskat.

'Sorry, Kraai', riep hij. 'Maar daarboven ben je zelfs nog veiliger!'

'Voorwaarts!' commandeerde Kling. Op zijn bevel slingerden de mannen zich met bloeddorstige kreten aan de touwen.

Kapitein Kling sprong naar het dek van de *San Paulo*. Sam volgde hem.

'Vlak achter jou!' riep Charlie.

'Ik ook!' schreeuwde Fernando.

De drie vrienden landden op het vijandige dek. Ook andere bemanningsleden van de *Zeewolf* kwamen naast hen terecht, en sprongen over de reling, kortelassen in de aanslag. Sam maakte

zich klaar om aan te vallen – maar het schip leek
verlaten.

'Er is niemand', fluisterde Charlie, die haar
kortelas stevig omknelde.

'Dan verschuilen ze zich', gromde de eerste
stuurman, stampend met zijn houten been. 'Erg
vreemd. Ik dacht niet dat Spaanse soldaten zo
lafhartig waren.'

'Kom tevoorschijn, lafbekken!' schreeuwde de
kapitein en bracht zijn zwaard omhoog.

Eén voor één kroop de vijandige bemanning
achter tonnen en kanonnen vandaan. Sam
bekeek ze goed. Hij had blinkende borstplaten
en helmen verwacht, maar deze mannen droegen
witte hemden en korte pofbroeken. De koning

van Spanje stuurde ongetwijfeld gewapende mannen met zijn schat mee, maar er viel geen enkel wapen of stuk wapenrusting te bespeuren.

Wow! dacht Sam. *Dat moet wel de snelste overgave in de piratengeschiedenis zijn.* Hij had de vijand duidelijk doen bibberen in zijn laarzen – hij en een paar anderen, natuurlijk.

Bleek en brabbelend riep een van de Spaanse matrozen iets in zijn eigen taal.

'Jij spreekt hun taal, Fernando', zei de kapitein. 'Wat vertelt hij ons?'

'Hij zegt dat we hier niets zullen vinden', vertaalde Fernando. 'Hij beweert dat hun lading al gestolen is. Maar ik denk dat hij iets verbergt, kapitein.' Hij richtte zijn mes naar de trillende vijand.

'Zeg hem dat als dit een valstrik is, ze allen de prijs zullen betalen', zei kapitein Kling hard.

Fernando slingerde de mannen een reeks Spaanse woorden in het gezicht. Sam raadde aan hun verschrikte gezichten dat hij ze bedreigde met een verschrikkelijke dood. Hij glimlachte stilletjes. Het ergste wat kapitein Kling zou doen, was ze dwingen het ruime sop te kiezen in hun eigen sloep. Hij was te eerbaar om zelfs zijn grootste vijand te doden! Maar dat wisten de Spanjaarden niet.

'En als dit een valstrik is,' ging de kapitein verder, 'dan zullen we dat gauw aan het licht brengen. Die snuivende honden blijven hier. Harry, Ned, neem een paar mannen mee en ga beneden op zoek naar de schat. Sam, ga ook maar mee. Als iemand bedrog kan onthullen, dan is het wel een Sabel.'

'Aye, aye, kapitein.' Met getrokken kortelas volgde Sam de mannen naar de lagere dekken.

'Opsplitsen', beval de eerste stuurman. 'Roep als je iets vindt.'

Sam bereikte het kanondek. Geen spoor van vijandige matrozen of wachters. In eindeloze rijen stonden zwarte, blinkende kanonnen opgesteld. Maar er klopte iets niet: hij besefte dat er nergens een kanonskogel of kruitvat te zien was. Nadat hij elke hoek gecontroleerd had, stapte hij naar de lange ladder die naar het ruim leidde, diep in de ingewanden van het schip. Daar was het stikdonker. Sam greep de lantaarn die boven zijn hoofd hing en daalde de trappen af. Zijn ogen schoten van links naar rechts en zijn oren waren bedacht op het minste geluid. De schaduwen dansten in de flikkerende lantaarnvlam.

Voorzichtig vervolgde hij zijn weg naar het ruim, klaar voor elke aanval. Zelfs in deze gigantische voorraadplaats vond hij geen spoor van wapens, voedsel of zelfs water. Alleen maar een paar lege vaten en kisten. Niets dat de schat kon bevatten die aan boord moest zijn. Sam wilde net weer naar boven klimmen om verslag uit te brengen, toen een gedempt gekreun in de duisternis echode.

Het geluid was amper menselijk. Probeerde iemand hem schrik aan te jagen? Wel, dat zou ze alvast niet lukken! Sam Sabel hield zijn kortelas in de aanslag.

Opnieuw hoorde hij het gekreun. Het kwam vanuit de verste hoek van het ruim. Sam sloop langzaam naar het geluid. Met een wilde kreet strompelde een gedaante plots

uit het duister tevoorschijn. Sam deinsde terug,
zijn zwaard omhoog, maar de man kronkelde
alleen maar jammerend over de vloer. Sam zag de
sporen van pure angst op zijn gelaat.

'Ik zal je niets doen', zei hij en stak zijn zwaard
weg. Hij wees naar de ladder en de man klauterde
het dek op, waar hij op zijn knieën viel voor
kapitein Kling. Fernando gluurde wantrouwig
naar de nieuwkomer en streelde zijn mes.

Harry en Ned waren al teruggekeerd.

'Het schip is leeg', rapporteerde Sam. 'Geen
voedsel, geen munitie – en geen schat.'

'Aye', beaamde Harry. 'Wij hebben ook niets gevonden.'

De matroos uit het ruim riep iets in het Spaans naar zijn makkers. Met ogen vol angst knikten ze. Hij keek op naar kapitein Kling en begon te praten met een lage, trillende stem. Fernando vertaalde niet onmiddellijk, maar luisterde ingespannen. Zijn ogen werden groter van angst.

'Wat zegt hij?' vroeg de kapitein. 'Vertel het ons, kerel.'

Fernando richtte zich tot de bemanning van de *Zeewolf*. 'Hij zegt dat de *San Paulo* aangevallen werd en dat alles meegenomen is door een schip dat uit een mistbank tevoorschijn kwam…'

Hij slikte. 'En het was geen gewoon schip. Het was een *spookschip!*'

HOOFDSTUK VIJF

Koude rillingen liepen over de rug van de bemanning van de *Zeewolf*.

'Ik vrees dat hij de waarheid vertelt', zei kapitein Kling. 'Niemand is in staat om zoveel angst te spelen.'

'Ik herinner me verhalen over een spookschip', mompelde Harry Hinkel, die angstig over zijn plompe kin wreef. 'Het heette de *Koningin Catharina*. Het meest vervloekte schip dat ooit op deze zeeën gevaren heeft.'

Enkele oudere piraten knikten.

'Vertel me erover',
zei Sam. Hij was dol op
spookverhalen.

'Ik hoorde het
verhaal toen ik nog
een kind was', legde
kapitein Kling uit. 'De
Koningin Catharina was een
Spaans galjoen. Een eeuw
geleden werd het aangevallen en tot zinken
gebracht door piraten.'

Harry Hinkel knikte. 'Men zei dat er geen
hoop was voor wie aan boord was en dat de
verdrinkende kapitein uitriep dat de zeeën nog
niet verlost waren van het verdoemde schip. Het
zou herrijzen uit de zeebodem en wraak nemen
op iedereen die ooit de oceanen bevaren heeft.
Iedereen die het onder ogen kreeg, zou sterven.'

'Wow!' hijgde Sam. 'En toen?'

Harry liet zijn stem zakken tot een gefluister.

'Kort daarna steeg het gehavende oude galjoen
op vanaf de oceaanbodem. Het verscheen aan
zeevaarders, gloeiend in de duisternis en bemand
door een gruwelijke kliek spoken.'

Sam voelde een mengsel van angst en opwinding door zijn lichaam razen. Zoals in het spookkasteel op de kermis. Hij zat altijd als eerste in de wagen – maar was ook diegene die het hardst krijste als een spook opdook.

'Maar ik heb nooit gehoord dat ze in die tijd ook op schattenjacht gingen', mompelde Ned met wijd open ogen. 'Ze legden enkel een vloek op de bemanning en lieten ze beven als een rietje.' Hij wees naar de doodsbange Spaanse matrozen.

'En daarom denken deze kerels dat het afgelopen is met hen.'

'Ik wed dat de *Koningin Catharina* nog steeds op deze wateren rondzwerft', zei Harry. Hij stampte met zijn houten been. 'Ik voel het in mijn ontbrekende botten – en die liegen nooit.'

'We moeten terugkeren en de *Zeewolf* beschermen', verklaarde Ned.

Kapitein Kling schoof zijn kortelas terug in zijn riem. 'Aye, iedereen terug naar het schip.' Hij greep Ben de kwartiermeester bij de arm. 'Geef die arme stumpers wat te eten voor we afvaren... iets wat Peter nog niet in zijn handen gehad heeft. Ze hebben al genoeg geleden.'

'Aye, aye, kapitein.'

Sam greep de reling, klaar om terug naar het schip te springen. Maar hij bleef staan toen zijn hand iets vreemds en kleverigs raakte.

Hij staarde omlaag naar zijn handpalm. Hij zat onder een soort slijmerige smurrie. Hij wreef zijn hand af aan de reling, maar het goedje bleef plakken. Hij had zoiets nog nooit gezien op de *Zeewolf*. Hij rook eraan, maar wenste meteen dat hij dat niet gedaan had. Het stonk naar rottende vis.

'Wat is dit?' vroeg hij de dichtstbijzijnde Spanjaard, en toonde hem zijn hand.

De man deinsde terug, zijn ogen wijd van angst. '*Fantasma!*' kermde hij, terwijl hij een kruisteken maakte.

Sam had het woord *fantasma* al gehoord toen Fernando vertaalde voor de kapitein. Hij verwedde er alle schatten van de wereld om dat het Spaans was voor 'spook'. Dus vertelde die kerel hem dat een spook die

· 40 ·

vreemde brij achtergelaten heeft. Hij had zoiets gezien in *Spokenjagers* op tv. De presentator had gezegd dat spoken altijd een dergelijk eng goedje achterlieten. En nu zag hij het in het echt!

Sam greep een touw en slingerde terug naar zijn schip. Al snel vond hij Charlie en stak zijn hand onder haar neus.

'Ik heb spooksmurrie op me', zei hij.

Charlie snakte naar adem. 'Dit stinkt nog erger dan de hel zelf. Misschien ben je nu ook wel vervloekt!'

'Doe niet dwaas', zei Sam. 'Er is meer nodig dan wat spookachtige brij om mij te vervloeken.'

Maar dat stelde Charlie niet gerust. 'Omdat je uit de toekomst komt. Maar de bemanning zal hier erg bang om zijn. Ik denk dat je het beter aan niemand vertelt, zelfs niet aan Fernando.'

'Mijn lippen zijn verzegeld', zei Sam. Hij grijnsde naar Charlie. 'Weet je, als ik naar huis terugkeerde met die smurrie op mijn handen, zouden ze me interviewen op tv.'

'Ssst!' zei Charlie. 'Ik snap geen jota van wat je zegt, maar zeg die dingen tegen niemand.' Ze greep hem bij zijn arm. 'Je keert toch nu niet terug, hè?'

'Zeker niet!' verzekerde Sam. 'Toch niet als het van mij afhangt. Het goudstuk beslist, niet ik.'

Hij merkte dat kapitein Kling en Harry Hinkel bij het roer een kaart aan het bestuderen waren.

'Ik vraag me af waar we nu heen varen. Ik ga het eens uitvissen.'

Toen hij over het dek naar hen toe stapte, hoorde hij een *miauw* boven zijn hoofd. Sinbad zat op een van de ra's die de zeilen op hun plaats hielden en likte verlekkerd zijn lippen. Sam voelde een scheut van paniek. Hij was zijn gevederde vriend helemaal vergeten. Sinbad had Kraai toch niet als middagmaal...?

'Hak de vijand in mootjes!' klonk een schrille kreet. Tot Sams opluchting zat de groene papegaai in de top van de mast. Hij streek perfect gelukkig zijn veren glad en sloeg helemaal geen acht op de kat.

Oef! dacht Sam. Blijkbaar kon Kraai goed op zichzelf passen.

'We zullen ergens anders op zoek moeten gaan naar een schat', zei de eerste stuurman toen Sam bij hen kwam.

'Ik was aan het denken', antwoordde kapitein Kling. 'Als de *Koningin Catharina* over deze wateren vaart, ben ik van plan om het schip te grazen te nemen.'

'Dat zou schitterend zijn, kapitein!' riep Sam uit. Hij wilde dat schip met zijn spookbemanning echt van dichtbij zien. Het zou beter – en griezeliger – zijn dan welke tv-show of film dan ook. 'Maar de bemanning is bang voor spoken, toch?'

Kapitein Kling barstte in lachen uit. 'Maar ik niet, en mijn bemanning volgt me overal, Sam! Ik bind de strijd aan met honderd spoken als ze in de weg staan van dat Spaanse goud. Het is momenteel de enige schat in dit gebied, dus we gaan achter de spoken aan. In actie, mannen', riep hij. 'We gaan op zoek naar een spookschip!'

Enkele bemanningsleden bleven staan en staarden hem angstig aan.

'Willen we eindigen als die arme brabbelende Spanjaarden?' vroeg Ben zwakjes.

'Genoeg, Ben Bolder, verklaarde Harry Hinkel. 'We zijn *Zeewolf*-piraten. We zijn nergens bang voor.'

De bemanning ging weer aan het werk, maar Sam merkte de bezorgde blikken op hun gezicht.

'Welke koers zet ik, kapitein?' vroeg Harry, die het roer vastgreep.

Kapitein Kling bestudeerde opnieuw de kaart. 'De Spanjaarden kwamen van Nombre de Dios in Panama. Op basis van hun route wed ik dat de *Koningin Catharina* zich daar schuilhoudt.'

'Ik begrijp het niet', zei Sam, zijn blik gericht op het perkament. 'Daar staat niets aangegeven, er is alleen maar water. Daar kan een schip zich toch nergens schuilhouden?'

'Aye, zo lijkt het inderdaad op de kaart', zei Kling. 'Maar daar is iets wat geen enkele kaart toont.'

'Ik denk dat ik weet wat u bedoelt', bracht Sam uit. 'De Spanjaarden zeiden dat het schip uit een mistbank tevoorschijn kwam.'

'Zo is het, jongen.' Kapitein Klings ogen blonken van opwinding. 'Maar we kennen die mistbank als de Wolk des Doods!'

Hoofdstuk Zes

Sam zag Harry Hinkel bleek wegtrekken. Charlie en Fernando wisselden een angstige blik.

'De Wolk des Doods is een vreemde mistbank', legde de kapitein uit. 'Welk weer het ook is, hij hangt altijd over dat stukje oceaan. Als je erin terechtkomt, vaar je blind, en hij onttrekt veel rotsen aan het zicht. We varen er altijd omheen.'

Harry knikte. 'Aye, anders ga je eraan. Die plek is zo vervloekt als wat.'

Sam hoorde hoe de piraten begonnen te fluisteren. Een zeeman die vlakbij stond, duwde Ben vooruit.

'Excuseer me, kapitein', zei hij zenuwachtig. 'Enkelen onder ons weten niet zeker of we wel in de buurt van de Wolk des Doods willen komen.'

Kapitein Klings doordringende blik gleed over de mannen.

'Noemen jullie jezelf zeerovers?' donderde hij. 'We zeilen onder de *Zeewolf*-vlag en we zijn nergens bang voor!'

Sam wist niet zeker of dit wel helemaal waar was. Kapitein Kling was misschien nergens bang voor – behalve papegaaien – maar zijn bemanning keek alsof ze liever in een bad vol haaien kropen dan de strijd aangaan met een spookschip.

De kapitein stapte heen en weer op het dek en keek zijn bange mannen aan. 'We hebben gevochten tegen Zwarthart en zijn mannen, en hebben het altijd kunnen navertellen.'

'Aye', knikte Harry Hinkel. 'We zijn een moedige piratenbende.'

'Maar wat met die vloek?' piepte Ben.

'Ik wil niet sterven!' sprak Peter de kok.

'We riskeren ons leven telkens als we een hap eten van jouw zeewierstoofpot!' mompelde Ned. Hij ging naast Kling staan. 'Ik steun de kapitein. Als hij denkt dat we dat goud te pakken kunnen krijgen, dan moeten we het proberen.'

'Gesproken als een echte piraat, Ned!' riep Kling uit. 'Ik wil geen lafhartige angsthazen op de *Zeewolf*.'

'Ik doe mee!' zei Charlie.

'Ik ook!' voegde Fernando eraan toe.

'Maar het schip zit vol geesten', klonk een stem vanaf de achterste rij. 'Onze kortelassen zullen er dwars doorheen steken.'

'En *hun* kortelassen zullen ons op hun beurt niet kunnen treffen', zei de kapitein vastberaden. Een instemmend gemompel steeg op.

Kling grinnikte en zijn ogen flitsten heen en weer.

'Denk eraan. Het goud van de *Koningin Catharina* ligt binnen handbereik – geen enkel ander schip zal zich naar die plek durven wagen.' Sam zag de ogen van de mannen oplichten.

'Als we nu terugkeren, zijn we een stelletje labbekakkerige lafaards!' brulde de kapitein vastberaden. 'Maar ik weet dat jullie allen dappere mannen zijn en zelfs met de duivel zouden vechten als ik het vroeg!'

Nu stonden de mannen trots rechtop, hun blikken gefixeerd op de kapitein.

Kling hield zijn kortelas hoog boven zijn hoofd. 'Volgen jullie mij, mannen?' riep hij.

'Aye!' schreeuwde de bemanning in koor.

'Zet dan koers naar de Wolk des Doods, dappere bende', beval Kling. 'Zuidzuidwest. Sam, klim naar je uitkijkpost en waarschuw ons zodra je die vervloekte mistbank ziet.'

Sam schoot de touwladders op en hees zich in het kraaiennest.

'Ahoi daar!' snaterde de papegaai. Hij sprong op Sams schouder en begon luid een zeedeuntje in zijn oor te krijsen.

'Dank je, Kraai', schreeuwde Sam boven het oorverdovende kabaal uit. 'Ik ben blij dat je uit Sinbads buurt gebleven bent, maar houd je snavel dicht. Ik moet me concentreren. We gaan een spookschip zoeken.' De papegaai hield zijn kop

schuin en staarde hem aan. 'Het wordt geweldig.
Zoals *Spokenjagers* op tv.'

'Op tv', herhaalde de papegaai.

'Oeps', zei Sam. 'Ik moet oppassen wat ik
tegen je zeg.'

Hij greep de reling vast toen het schip plots
heen en weer begon te slingeren. De golven
werden hoger en de *Zeewolf* deinde op de golven
mee. Ver voor hen uit zag de hemel zwart van de
wolken. Bliksemflitsen doorkliefden de lucht en
de neergutsende regen trok strepen in de donker
wordende hemel.

'Dek de luikgaten af!' krijste Kraai, die naar de
bodem van het kraaiennest fladderde.

Sam zette zijn handen aan zijn mond en gilde naar de kapitein. 'Storm recht vooruit!'

Gordijnen van regen teisterden de *Zeewolf*. De hemel was donkergrijs, maar werd nu en dan verlicht door heldere bliksemflitsen, waarop oorverdovende donderslagen kraakten. Sam zag de matrozen onder hem veiligheidslijnen vastmaken langs het dek zodat ze zich konden vastgrijpen nu de zee het schip heen en weer gooide. Water blies in zijn gezicht. Torenhoge golven kwamen onophoudelijk op hen af. De *Zeewolf* trad elk ervan onverschrokken tegemoet. Zodra het schip een top bereikt had, stortte het zich in een donker golfdal.

'Verlaat het schip!' krijste Kraai. In paniek fladderde hij in de lucht, werd bijna weggeblazen, dook weer omlaag en klemde zich vast aan Sams been. Sam schudde zijn natte haren uit zijn ogen. Zijn taak was nu belangrijker dan wat ook. Hij moest ervoor zorgen dat het schip niet te pletter sloeg op de rotsen – maar hoe? Hij zag amper een hand voor ogen in de verblindende stortvlaag en ze hadden nog niet eens de Wolk des Doods gevonden!

Plots trilde de *Zeewolf* hevig. 'Er is een plank los op de boeg', gilde iemand beneden. 'We maken water!'

Door de regen heen zag Sam hoe Fernando en enkele andere bemanningsleden zich vastklampend aan de veiligheidstouwen naar het ruim haastten om de pompen te bedienen. Zijn maag keerde om. Zouden ze zinken? Ze moesten land vinden – en snel!

Hij beschreef een cirkel in zijn uitkijkpost, terwijl Kraai als een zeeslak aan zijn jeans vasthing. Niets behalve door storm geteisterde zeeën. Maar wat was dat? Een ander schip? Hij wreef het water van zijn kijker en zette hem aan zijn oog. Nee, dat kon niet. Het bewoog niet en hij zag golven uit elkaar spatten op een strook strand. Het was een eiland! Als ze het konden bereiken, waren ze veilig.

'Land in zicht!' brulde hij door het lawaai van de storm. 'Stuurboord. Twee uur.'

Kapitein Kling blafte bevelen naar de mannen. De matrozen vormden een lijn en trokken aan de zeiltouwen.

Het schip schommelde langzaam tot de boeg recht vooruit naar een stukje land wees. Maar nu raakten de golven het midscheeps, en tilden het zijwaarts op. Water sloeg over het dek en stroomde weg door de relingen. Hoog in de mast kon Sam niets anders doen dan zich schrap zetten tegen het hevige geschommel. *Net een ritje op de achtbaan*, dacht hij terwijl het kraaiennest naar de golven dook en daarna waar omhoogschoot.

Plots torende de grootste golf die Sam ooit gezien had boven hen uit. De *Zeewolf* helde vervaarlijk opzij toen het schip opgetild werd door het woeste water. Sams voeten schoten onder zijn benen weg. Vliegensvlug stak hij zijn armen uit en greep de rand beet. Maar het schip lag bijna helemaal plat, waardoor hij uit het kraaiennest geworpen werd. Hij hing aan zijn vingers boven de bulderende zee, met Kraai die zich vastklampte aan zijn enkel en doodsbang met zijn vleugels sloeg. Sams armen voelden aan alsof ze van zijn lichaam gerukt werden. Zijn vingers losten hun greep. Hij kon het niet lang meer houden…

Hoofdstuk Zeven

Onder zich zag Sam niets dan de woeste zee. Hij spande zijn knokkels, in een wanhopige poging om zijn greep niet te lossen. De *Zeewolf* bereikte de top van de golf. Het schip schommelde en schoot met een plotse ruk recht. Sam moest loslaten. Hij werd de lucht in gekatapulteerd en stortte neer. Elk moment zou hij opgeslokt worden door de hevige golven. Hij botste op iets hards. De mast had hem gered. Hij tuimelde voorover in het kraaiennest. Hij klauterde overeind, terwijl Kraai nog steeds aan

zijn been hing, en keek in het rond. Sam kon zijn
ogen niet geloven. De *Zeewolf* surfte op de golven
richting het eiland!

De verrimpelde papegaai klom via zijn broek
tot op zijn schouder en staarde hem recht in het
gezicht. 'Haaienvoer?' vroeg hij.

'Dat waren we bijna!' ging Sam akkoord.

Een plotse lichtstraal in de wolken deed
hem in elkaar krimpen, bang voor de volgende
donderklap. Maar die kwam niet. Sam besefte dat
het geen bliksemflits was. Het was een minuscuul
streepje blauwe lucht. De wolken braken open.
Stralend fel zonlicht begon zich een weg te banen
door het grijze hemelgewelf. De reusachtige golf

nam langzaam af tot een zachte deining en de
regen hield op. Ze hadden de storm doorstaan.

De *Zeewolf* liet het anker zakken in het kalme
water rond het kleine eiland.

Sam klauterde de touwen af en gaf Charlie een
high five. Fernando keek ze verwonderd aan.

'Wat is dat?' vroeg hij. 'Een soort vreemde dans
vanwaar jij vandaan komt, Sam?'

'Het wil zeggen dat we blij zijn', zei Sam met
zijn hand omhoog. 'High five, Fernando!'

Fernando mepte zo hard hij kon op Sams hand.

'Goed zo', kermde Sam, wrijvend over zijn
gloeiende palm. 'Maar breek de volgende keer
mijn vingers niet.'

Harry Hinkel had net alle koppen geteld.

'Allen present, kapitein', verkondigde hij.

'Prima werk toen je het eiland ontdekte, Sam',
sprak kapitein Kling. 'Meneer Hinkel, neem
een groepje mannen mee aan land om bomen te
vellen voor de reparaties. De rest moet het water
zo goed mogelijk uit het schip houden. Als het

werk klaar is, wacht er voor iedereen meer dan genoeg rum. Dat verdienen jullie.'

Sam kreunde onhoorbaar. Hij begreep absoluut niet waarom piraten zo dol waren op rum – na een slokje dacht hij al dat zijn tong in brand stond en er stoom uit zijn oren kwam.

Harry liet een sloep zakken en vertrok met een groep mannen.

Sam liet zijn blik over het strand dwalen. Er was nauwelijks land te zien, enkel rotsen, die via een heuvel leidden naar een dicht woud.

'Daar zal veel vers fruit zijn, denk ik', zei Fernando, die bij hem aan de scheepsreling kwam staan.

'En vers water voor onze vaten', vulde Charlie aan.

'Laten we op verkenning gaan!' opperde Sam met een schalkse grijns op zijn gezicht. 'Toestemming om aan land te gaan, kapitein?'

Met de tweede sloep roeiden ze naar de rand van het water. Toen ze op de rotsen stonden, keken ze nog even om naar de *Zeewolf* met het gehavende gat op de waterlijn. Hun kletsnatte kleren begonnen te stomen in het hete zonlicht.

'Gelukkig dat jij land zag, mijn vriend', zei
Fernando, toen ze vertrokken naar het bos. 'Ik
was aan het hozen in het ruim toen de golven ons
raakten. Het water steeg sneller dan we konden
pompen.'

'Altijd tot uw dienst', zei Sam met een
buiging.

Ze holden tussen wuivende palmbomen en
baanden zich een weg door dikke, donkere
vegetatie en kluwens van klimplanten die hun
voeten grepen. Terwijl ze de heuvel beklommen,
echoden de kreten van dieren en vogels op een
vreemde manier vanuit het bladerdak van het
woud.

'Dit is ongelooflijk!' zuchtte Sam, starend naar
een gigantische duizendpoot op een boomstam.
Hij was langer dan zijn onderarm.

Plots weerklonk een oorverdovend gekrijs en iets landde op hem. 'Help!' gilde hij. 'Ik word aangevallen!'

'Stop, jij landrot!' klonk het snerpend in zijn oor.

Sam keek op en staarde recht in de kraaloogjes van Kraai. Charlie en Fernando lagen krom van het lachen.

De papegaai maakte het zichzelf comfortabel op Sams schouder. 'Yo ho ho', krijste hij, en beet zacht in Sams wang. 'Allen lijfelijk aanwezig!'

Ze stapten bergopwaarts, en plukten guaves en de kleine bruine vruchten die Fernando zapotes noemde. Ze aten er wat van en bewaarden de rest in zakken. Ze waren nog niet ver toen de grond plots bergafwaarts liep.

'Dit is een erg klein eiland', zei Fernando. 'We bereiken de andere kant al nog voor je Hispaniola kan zeggen.'

'Je hebt gelijk', zei Sam. 'Daar is de zee alweer.'

'Wat is dat?' vroeg Charlie verbaasd, trekkend aan de mouwen van de jongens zodat ze niet verder zouden lopen. 'Daarbeneden bij de rand van de zee.'

Ze doken weg en Sam duwde de bladeren voor hem opzij. Hij staarde naar een omheining van boomstammen rond een primitief gebouw.

'Het is een soort hut, met een palissade eromheen', zei hij.

'We moeten voorzichtig zijn', zei Fernando, zijn hand op het heft van zijn mes. 'Misschien wonen daar mensen die niet zo vriendelijk zijn – vooral niet tegen piraten.'

'Dan gaan we een kijkje nemen en vertellen het de kapitein', zei Sam.

'En we moeten het ongemerkt doen', voegde Charlie toe. 'De kapitein heeft zijn bemanning het liefst in levenden lijve terug.'

'In levenden lijve!' krijste de papegaai vrolijk.

'Het is moeilijk om iets ongemerkt te doen met Kraai erbij', kreunde Sam.

Fernando gooide een zapote op de grond. Kraai sprong er vrolijk fluitend op af. 'Dat houdt hem wel zoet.'

Ze lieten Kraai genieten van zijn snack en kropen vooruit tot dicht bij de hut. Het was een primitief gebouw met uitgehakte gaten als ramen en een deur. De bomen waren omgekapt om een open ruimte te creëren die leidde naar de rand van het water.

'Ik hoor niets', fluisterde Sam nadat ze zich verstopt hadden achter een rots.

'Dat betekent niet dat er niemand is', waarschuwde Charlie, die zenuwachtig in het rond spiedde.

Fernando gluurde rond de rots en inspecteerde het stukje land. 'Laten we ons opsplitsen', siste hij. 'Ik ga naar de deur, jullie tweeën nemen de ramen. Zorg ervoor dat niemand je ziet.'

Samen liepen ze geruisloos over de open plek. Sluipend rond de palissade, bereikten ze ten slotte een groot gapend gat waar de omheining platgelegd was. Ze kropen erdoorheen en liepen

snel naar de hut. Sam kwam overeind en tuurde
naar binnen door het raam aan de zijkant.

Er was maar één kleine kamer, met een ruwe
aarden vloer en diepe, schaduwrijke hoeken.

'Alles veilig', riep Fernando bij de voordeur.
'Hier is niemand. Ik vraag me af wie hier woont.'

'Laten we op zoek gaan naar aanwijzingen', zei
Sam.

De drie vrienden slopen naar binnen, keken in
lege zakken en onderzochten stukgeslagen kratten.

'Dit lijkt wel een piratenschuilplaats', zei
Fernando nadenkend. 'Een goede plek om buit te
verstoppen.'

'Maar kijk eens wat een troep', zei Sam.

'Ofwel zijn het erg slordige piraten ofwel heeft
iemand de plek geplunderd. De omheining was

beschadigd en deze plek is haastig leeggemaakt. Denk je dat een andere piratenbende ze aangevallen heeft?'

'Daar lijkt het wel op', mompelde Charlie.

'We moeten terug naar de *Zeewolf* om verslag uit te brengen', zei Fernando.

Sam had net de deur bereikt toen hij iets voelde plakken aan de onderkant van zijn sportschoen. Hij tilde zijn voet op.

Het was hetzelfde kleverige goedje dat hij ontdekt had op het Spaanse schip. En opnieuw rook hij rottende vis. Hij keek op en zag een spoor van smurrie dat naar de steiger leidde. Hij wist dat Charlie hem bezworen had niets te zeggen over de spookachtige substantie, maar dit was een belangrijk spoor. Hij besloot erop te wijzen zonder Fernando te vertellen dat hij al wat van dit spul op zijn huid had. Hij wilde niet dat zijn vriend dacht dat hij vervloekt was.

'Wacht', zei hij, terwijl hij op het spoor wees. 'Er zat wat van dit spul op de *San Paulo* en een van de Spanjaarden zei dat het van de spoken afkomstig was – de *fantasma*.'

Fernando's ogen gingen wijd open van angst.

'Bedoel je dat het de spookbemanning was die deze plek geplunderd heeft?' vroeg Charlie met een piepstemmetje.

'Dat moet haast wel', zei Sam, die even slikte toen een gedachte plots in hem opkwam. 'Misschien zijn ze nu nog hier en bespieden ze ons!'

'Bespieden!' klonk een scherpe stem die in de hut echode.

'Lopen!' gilde Fernando.

Sam en Charlie lieten het zich geen twee keer zeggen. Ze draaiden zich om en holden Fernando als gekken achterna door het bos richting de *Zeewolf*. Achter hen hoorden ze een laag mompelende stem en het verre ritselen van bladeren.

Iets achtervolgde hen!

HOOFDSTUK ACHT

De drie vrienden stormden de rotsige kust op en lieten zich buiten adem vallen.

'Wat was dat?' hijgde Charlie.

'Iemand van de spookbemanning', zei Fernando angstig. 'Ik ving een flits spookachtig groen op.'

'Ik denk dat ik weet wat het was', zei Sam, die slechts met veel moeite ernstig kon blijven. 'Had het geschubde klauwen?'

'Waarschijnlijk', zei Fernando, die bleek werd.

'En had het zwarte ogen die zich recht in je ziel boorden?' vroeg Sam onheilspellend fluisterend.

'Ik heb niet gekeken', kreunde Charlie. 'Maar het zei dat het ons stond te bespieden.'

'Dan kun je maar beter uitkijken!' Sam sprong overeind en wees naar de bomen. 'Want daar is het weer!'

Fernando en Charlie doken in elkaar, handen boven het hoofd. Er weerklonk een gefladder van vleugels, waarna Kraai uit de bomen schoot. 'Bespieden!' krijste hij, terwijl hij boven hen uit cirkelde. 'Bespieden!'

Sam moest zijn buik vasthouden van het lachen. Fernando greep hem bij zijn benen, trok hem op de grond en stopte een handvol zand onder zijn shirt.

'Je had ons beet, Kraai', gniffelde Charlie toen de papegaai op Sams buik landde. 'Maar waarom volgde hij ons?'

'Waarschijnlijk om er zeker van te zijn dat we hem niet achterlieten', zei Sam, die Kraai over zijn vleugels streelde.

Ze zagen dat de bemanning lag uit te rusten bij de kustlijn.

'Kom', zei Fernando. 'We moeten kapitein Kling over de hut vertellen.'

De kapitein was de rum aan het verdelen toen ze bij hen kwamen.

'Daar hebben we geen tijd voor, kapitein', zei Sam, die blij was dat hij niet van het vreselijke vocht moest drinken. 'We hebben een piratenschuilplaats ontdekt.'

'Goud?' vroeg Harry Hinkel, die zich gretig in de handen wreef.

'Nee, de plek is leeggeroofd', antwoordde Charlie. 'Door de spookbemanning!'

De piraten snakten hoorbaar naar adem.

'Hoe weet je dat het de spoken waren?' vroeg Kling.

Sam vertelde hem over de vreemde substantie die hij gevonden had.

'Dan is dit nog beter dan we dachten', zei Kling opgewekt. 'Het spookschip zal nu tot de dolboorden beladen zijn met schatten.'

Sam raakte al gewend aan de taal van de piraten. Hij wist dat de dolboorden de bovenranden van een schip waren – en dus betekende dit dat de *Koningin Catharina* barstte van het goud!

De meeste mannen juichten van blijdschap, maar een paar ervan schudden het hoofd. Kling nam een dreigende houding aan en keek hen indringend aan.

'En ik zeg dat die schat de *Zeewolf* toekomt. Maak alles klaar om koers te zetten naar de Wolk des Doods!' beval hij, met ogen die zich in hen boorden. 'En diegenen van wie de knieën knikken, mogen nu vertrekken! Iemand die aan land wil blijven?'

'Nay!' brulde de bemanning.

'Allen aan boord!' krijste Kraai, klappend met zijn vleugels.

Kapitein Kling stopte. 'Die niet', zei hij, gebarend naar de papegaai. 'Laat hem hier, Sam. Dit is een perfect eiland voor… kraaien.'

Sam zat somber bij de boeg en oefende zijn knopen, terwijl de *Zeewolf* koers zette richting de Wolk des Doods met Steve als uitkijk in het kraaiennest. Harry Hinkel had Sam de ankersteek met twee halve slagen geleerd. Hij had hem verteld dat hij die knoop kon gebruiken

om zichzelf vast te maken aan de mast als ze
overvallen werden door een storm. Sam hield
zichzelf bezig, maar zijn hart was er niet bij,
nu hij Kraai achtergelaten had op het eiland.
Met veel tegenzin had hij afscheid genomen van
zijn vriend, maar hij kon niet ingaan tegen het
bevel van de kapitein, dus had hij een toren van
zapotes gebouwd en was weggeslopen terwijl
Kraai nietsvermoedend sliep. Het eiland lag al
ver achter hen terwijl ze in zuidwestelijke richting
voeren. Sam kneep zijn ogen tot spleetjes in de
vooravondzon. De zee was leeg, er viel geen zeil
of stukje land te bespeuren. Alles was anders
zonder zijn vrolijke gezel aan boord.

'Ahoi daar, maatje!'

Er was een gefladder van vleugels, waarna Kraai
plots op zijn schouder landde.

Sam kon zijn ogen niet geloven. 'Je bent terug!' stamelde hij, en streelde zijn gevederde vriend over zijn kopje. 'Schitterend!' Maar toen herinnerde hij zich het bevel van de kapitein. Hij spiedde angstig in het rond om er zeker van te zijn dat kapitein Kling niet in de buurt was. 'Blijf uit het zicht of hij laat ons het dek schrobben.'

'De voeten spoelen?' vroeg de papegaai.

'Ik hoop van niet', zei Sam. Hij speurde opnieuw de horizon af. 'Ik kan nauwelijks wachten tot we de Wolk des Doods zien', zei hij. 'In Binnenwaterbaai hebben we ook regelmatig mistbanken en dan zie je geen hand voor ogen. Misschien is het zoiets. Of misschien is het zoals die katoenachtige wolken die je vanuit een vliegtuig ziet.'

'Een vliegtuig!' krijste de papegaai, zachtjes knabbelend aan zijn oor.

'Ssst!' waarschuwde Sam. 'Krijs niet zo luid.'

Hij keek naar het boegbeeld van de *Zeewolf* terwijl het schip door de golven sneed. Ver voor hen uit trok iets zijn aandacht. Hij liet het touw zakken en greep zijn kijker. Eerst dacht hij land te zien – lage, witte kliffen. Maar dat was onmogelijk. Hij had op de kaart gezien dat er geen eilanden in dit deel van de Caraïben lagen. Toen besefte hij dat het bewoog, dat het langzaam boven het zeeoppervlak zweefde. Nu wist hij precies wat het was.

'Wolk des Doods, ahoi!' riep Steve vanuit het kraaiennest.

Kapitein Kling stormde zijn kajuit uit.

'Deze koers aanhouden, mannen', schreeuwde hij. 'We gaan er recht doorheen!'

Sam verstopte Kraai snel in de voorraadkamer en sloot de deur. Hij moest hem verborgen houden voor de kapitein. Hij holde weer naar de boeg, zijn hart bonzend van opwinding.

De mistbank doemde voor hen op en reikte hoger dan het schip. De wasem aan de randen bewoog als schaduwrijke figuren.

'Wat is dit griezelig!' fluisterde Sam.

'Fernando, Charlie!' beval Kling. 'Ga naar Sam op de boeg. We hebben alle jonge ogen nodig die we hebben als we eenmaal de Wolk binnengedrongen zijn.'

'Aye, aye', riepen Sams vrienden.

De *Zeewolf* verliet het felle zonlicht en voer de mist in. Plots werden ze omringd door een griezelige stilte. Het enige geluid dat Sam hoorde, was het gekraak van het scheepshout en het water dat tegen de romp klotste. De toppen van de masten verdwenen in de dichte, grijze slierten.

De zee was merkwaardig kalm. Omdat er geen wind was, hingen de zeilen slap aan de ra's. En toch vertraagde de *Zeewolf* niet.

'Ik wed dat er hier onderwaterstromingen zijn', mompelde Harry Hinkel.

'Of spookzwemmers die ons vooruitstuwen', antwoordde iemand hem.

'Stop dat gepraat!' riep kapitein Kling. 'Alle ogen op het water. We willen niet lek raken door een verborgen rots.'

De bemanning tuurde over de reling.

Slierten mist streelden over Sams gezicht als ijskoude natte vingers. In de Wolk was het veel kouder en hij had kippenvel. Hij wreef zijn armen over elkaar terwijl hij door de dichte lucht tuurde. Toen hij omkeek naar de achtersteven, zag hij niet verder dan het voordek. Het leek wel alsof de rest van het schip verdwenen was. De bemanningsleden bewogen zich in en uit het zicht alsof ze zelf spoken waren.

'Niet moeilijk te geloven dat er hier geesten leven', fluisterde Fernando, die de nevel van zijn voorhoofd wreef terwijl hij het water aan stuurboord bestudeerde.

'Dit doet me denken aan een verhaal dat mijn kindermeisje me vertelde', zei Charlie met gedempte stem. 'Ze zwoer dat als er mist over het kerkhof hing, alle doden tot leven kwamen!'

'Ooit dacht ik een spook te horen op een kerkhof', zei Sam. 'Maar het was mijn mobieltje!'

Fernando staarde hem aan.

'Ik bedoel… mijn bel…' hakkelde Sam. 'Ik stop altijd een bel in mijn zak voor het geval ik zou verdwalen.'

Fernando keek hem vol medelijden aan. 'Ik weet niet waar je het over hebt, mijn vriend. De mist vertroebelt je verstand.'

Plots slaakte Charlie een kreet en wees naar het water, waar een donkere schaduw opdoemde. 'Rotsen voor ons uit! Naar bakboord!'

Sam hoorde het roer kraken toen kapitein Kling van koers veranderde, waarna de *Zeewolf* met nauwelijks de dikte van een touw tussenruimte langs de rots gleed.

'Welke koers varen we nu?' vroeg Harry Hinkel. 'Moeilijk te zeggen als je geen lucht ziet.'

'We eindigen als voer voor de haaien', hoorden ze Peter roepen van ergens op het mistige dek.

'Nog meer rotsen aan stuurboord!' schreeuwde Fernando toen de gekartelde punten over de boeg tevoorschijn kwamen.

Met een afschuwelijk schrapend geluid kwam de *Zeewolf* schuddend tot stilstand. De mist sloot hen helemaal in.

Plots week de dikke wasem uiteen en onthulde een lange, zwarte boegspriet die in de lucht leek te hangen.

'Het spookschip!' gilde Charlie.

Allen staarden in doodsangst voor zich uit. De mist kwam op en verdween weer, en nu zagen ze een gebroken romp op de rotsen liggen, te pletter geslagen en verrot. Een verweerde naamplaat hing aan een paar spijkers aan de boeg.

'Bij Jupiter', klonk kapitein Klings stem vanaf het roer. 'Dit is geen spookschip. Het is de *Falmouth*. Het verdween zes jaar geleden en al die tijd heeft niemand het nog gezien.'

'Dit was dus zijn lot', zei Harry Hinkel zacht. 'En blijkbaar is de hele bemanning in de golven begraven. Moge God hun ziel bewaren.'

'Is dit het werk van de spoken?' vroeg Ned stilletjes.

'Dat is het niet', brulde de kapitein door de mist heen. 'De schuld ligt bij de stromingen en de rotsen, en ik wil niet dat de *Zeewolf* hetzelfde overkomt. Omkeren! Gebruik de roeiriemen. We verlaten de Wolk des Doods.'

Sam wist dat de kapitein gelijk had. Het was te gevaarlijk voor de *Zeewolf*, maar diep vanbinnen was hij teleurgesteld. Alles wees erop dat het avontuur voorbij was.

Hoofdstuk Negen

Voortgestuwd door de roeiriemen, gleed de *Zeewolf* de wolk uit en de avondzon in. Kling staarde lang en doordringend naar de Wolk des Doods.

'Geven we het op, kapitein?' hoorde Sam Harry Hinkel vragen.

'Nooit!' Kling sloeg met zijn vuist op de reling. 'We hebben die schat nodig. Maar ik kan geen veilige manier bedenken om door de Wolk des Doods te varen zonder het schip tot zinken te brengen.' Hij streelde bedachtzaam zijn baard.

'Maar er moet een oplossing zijn…'

Sam slaakte een kreet van vreugde. Ze gaven het niet op! Ze moesten alleen maar een plan bedenken en hij was vastbesloten met eentje op de proppen te komen.

Hij at samen met Fernando en Charlie in de voorraadkamer. Ze smulden van een bord gezouten varkensvlees en scheepskoeken.

Kraai zat naast hem, met een begerige blik op het voedsel.

'Ik ben blij dat Kraai terug is', zei Charlie, zijn kopje strelend.

'Het lukt je nooit om die papegaai verborgen te houden, Sam', protesteerde Fernando. 'Kapitein Kling zal hem vinden.'

'Ik moet hem alleen maar uit de kapitein z'n buurt houden', verklaarde Sam, die de kevers van zijn koekje veegde. 'Hoe dan ook, luister, ik heb een idee over hoe we bij dat spookschip kunnen komen. We zwemmen ernaartoe met lantaarns op ons hoofd.'

'Dat lukt nooit', zei Charlie met haar mond vol. 'We zullen zinken onder het gewicht van de schat als we terugkeren.'

'Jij zou sowieso zinken, Charlie', zei Fernando grijzend. 'Je kunt niet zwemmen.'

'Dan vermommen we ons als een rijk Spaans schip', stelde Sam voor. 'Dat zal ze wel uit de mist lokken.'

'Er is één groot probleem met dat idee', zei Fernando, die Kraai enkele kruimels voerde. 'We hebben geen Spaanse vlag.'

'Of uniformen', herinnerde Charlie hem. 'Of de juiste zeilen.'

Miauw!

Sinbad verscheen uit het niets en sprong op de papegaai af. De klauwen misten Kraai maar net, waarna die op Charlies hoofd ging zitten.

'Stoute poes!' zei Charlie, zwaaiend met een vinger.

Sinbad gaf haar een kopje, rekte zich uit en slenterde ervandoor.

'Geen idee hoe jij bevriend bent geraakt met dat schepsel uit de hel', zei Fernando vol bewondering. 'De rest van ons mag niet eens in zijn buurt komen.'

Sam keek toe hoe de kat zich door de smalste opening tussen twee kisten wurmde,

gebruikmakend van zijn snorharen om er zeker
van te zijn dat de spleet breed genoeg was.

Een idee schoot hem te binnen.

'Ik heb het!' riep hij uit.

Fernando lachte. 'Welke dwaze gedachte heb je
nu weer? Nog meer bellen in je zak?'

'Het is niet dwaas', benadrukte Sam, die
opsprong en het dek op liep.

Het was al donker en de lantaarns brandden.
'Kapitein Kling, ik denk dat ik een plan heb dat
ons naar het spookschip kan brengen.'

'Laat maar horen!' riep Kling uit.

'Het kwam van Sinbad', zei Sam.

'Als dat zo is, dan eet ik een kom zeepokken
leeg!' zei Ned. 'Ga je me vertellen dat die kat kan
praten?'

'Nee', zei Sam met een grijns. 'Ik keek naar hem – van een veilige afstand, uiteraard – en zo kreeg ik het idee. We nemen een sloep en steken speren uit met hetzelfde doel als Sinbads snorharen. De speren zullen de rotsen raken en zo kunnen we ze vermijden, ook al zien we ze niet.'

'Dat kan lukken, kapitein', zei Fernando enthousiast. 'En een sloep heeft een veel smallere kiel.'

'Inderdaad', verklaarde de kapitein, en klopte Sam eens stevig op zijn rug. 'Een uitstekend plan, je grootvader waardig. We nemen beide sloepen. Dan is er plaats voor meer mannen – en meer buit.'

De kapitein stelde snel twee groepen samen voor de boten, die neergelaten werden op het water. 'Ned voert de ene boot aan, en ik neem de andere. Fernando, Sam, jullie komen met mij mee. En breng Charlie mee. Jullie drieën nemen maar evenveel plaats in als twee mannen – en jullie kunnen de speren hanteren.'

De boten werden aan elkaar vastgemaakt, terwijl de overige mannen speren grepen en hun plaatsen innamen. De kapitein zat aan de roerstok van de voorste boot en riep naar zijn eerste stuurman. 'Jij voert het bevel tot we terug zijn, meneer Hinkel.'

'Aye, aye, kapitein.'

'Yo ho ho!' Tot Sams schrik landde Kraai plots op zijn hoofd.

De kapitein werd lijkbleek. 'Ik dacht dat we die vogel achtergelaten hadden', bromde hij. 'Heb je mijn bevel naast je neergelegd, Sam Sabel?'

'Het spijt me, kapitein, maar hij heeft zelf de weg teruggevonden', stamelde Sam. De papegaai sprong omlaag en boorde zijn klauwen in zijn schouder. 'Au! Hij is nogal gesteld op me geraakt, maar hij bezorgt ons geen last.'

'Last!' krijste Kraai.

'Zorg ervoor dat het zo blijft', gromde de kapitein. 'Bij de volgende haven doen we hem van de hand. En dat is mijn definitieve besluit!'

De mist sloot ze in en plots voelden ze weer hoe de kille lucht hun huid raakte. Ze gleden verder. Het was donkerder nu de avond gevallen was. Elke sloep had lantaarns op boeg en achtersteven om de weg te verlichten. De drie vrienden hielden hun speren voor zich uit.

Charlie duwde het uiteinde van haar speer onder water en bewoog ermee, speurend naar rotsen onder het oppervlak.

Sam verplaatste zijn greep op de zware speer en zag dat zijn palm groen oplichtte in het duister. Het was de spooksmurrie! Op de een of andere manier gloeide het vanzelf. Hij bedekte het snel, maar niet voor Charlie een gedempt gilletje geslaakt had.

'Ik vertel de anderen niets', fluisterde ze in zijn oor.

Sam knikte, maar hij zag dat ze op haar lip beet en hem nu en dan een steelse blik toewierp.

Tonk!

Fernando voelde dat zijn speer op iets hards stootte.

'Naar stuurboord', riep de kapitein.

De roeiers veranderden van koers en de sloepen gleden ongehavend voorbij.

Sams speer trilde in zijn handen.

'Rots, recht vooruit!' riep hij. Een gekartelde rotspunt doemde op in de mist.

'Keer de riemen om', riep de kapitein. Hij gniffelde zacht. 'Jouw plannetje zal ons redden,

Sam. Straks komen we bij de schat.' Hij draaide aan de roerstok. 'Opnieuw voorwaarts, mannen.'

'Stop!' klonk Neds stem. 'Ik hoor een geluid.'

De roeiers lieten hun roeiriemen rusten en iedereen spitste zijn oren. In het lantaarnlicht kon Sam Charlies wijd open ogen zien.

Nu hoorden ook alle anderen het geluid. Het was het gekraak van zware planken.

'Het is een schip', waarschuwde Fernando.

'Langzaam vooruit', zei de kapitein met lage stem.

Terwijl de boten voorwaarts bewogen, trok de mist langzaam op. Plots verschenen uit het duister het wilde, slangachtige haar en de starende ogen van een afgrijselijk boegbeeld. Nu gleed ook de romp in het zicht. Het vaartuig torende boven hen uit, met aan flarden gescheurde zeilen die als spinnenwebben aan de mast hingen. Het geheel baadde in een griezelig groen licht.

'Bij alle schimmen', fluisterde kapitein Kling. 'We hebben ons spookschip gevonden.'

Hoofdstuk Tien

Sam staarde verschrikt naar het kolossale schip. Het gloeide in de mist en vreemde lichten wierpen eigenaardige schaduwen over de gehavende zeilen. Glinsterend zeewier hing aan de ra's. Een van de piraten kreunde angstig en Fernando maakte een kruisteken en fluisterde een gebed. Charlie zei niets, maar kneep hard in Sams arm.

Sam vroeg zich af of de spookbemanning doorzichtige geesten of krijsende skeletten zouden zijn. Hij voelde de rillingen over zijn ruggengraat lopen. Kraai slaakte een gedempte kreet.

Maar de kapitein leek allerminst bevreesd door wat hij zag. 'Sam, breng onze boot langszij', beval hij stilletjes. 'Volg mij, allen.'

Hij greep de rand van een geschutpoort en slingerde zichzelf uit de sloep zonder ook maar enig geluid te maken.

Sam, Charlie en Fernando volgden snel en de rest van de bemanning zwermde achter hen aan, de romp over en het dek op. Alles wat ze aanraakten, voelde doods koud en klam aan, als een lang vergeten grafsteen. Elke plank en reling was bedekt met de vreemde slijmerige substantie die Sam eerder had gezien. Met getrokken kortelassen bewoog de bemanning langzaam voorwaarts over het vermolmde dek. Kraai greep zich angstvallig vast aan Sams schouder, en verstopte zijn kop onder zijn vleugel.

Ned hield een lantaarn omhoog. De mist kringelde rond verroeste kanonnen. Gebroken vaten en rottende touwen lagen overal verspreid. Je kon makkelijk geloven dat dit schip jarenlang op de zeebodem had liggen vergaan.

'Het ruikt naar de dood', mompelde Fernando.

'Laten we de schat zoeken en maken dat we wegkomen', zei Ned snel.

'Aye, voordat ze komen spoken', mompelde een van zijn makkers.

Een onaards gekreun vulde de lucht. De bemanning deinsde achteruit en kroop bij elkaar.

'Dat klinkt als een gekwelde ziel', fluisterde Fernando.

'Kijk, kapitein!' Ned richtte een beverige vinger naar het verhoogde achterdek.

Bij het kapotte roer stond een gedaante. Hij verspreidde dezelfde groene gloed als het schip. De figuur droeg een kapiteinshoed, maar het gezicht onder de rand bestond enkel uit botten, met lege oogkassen die hen intens aanstaarden. De mist kwam op… en de gedaante was weg.

'Daar is er nog een!' schreeuwde Ned.

Een tweede geest verscheen in de touwladders, omgeven door de krinkelende mist. En daarna nog een. Sam zag hoe geesten één voor één hun stoffelijke gedaante aannamen over het hele schip, elk met een spookachtig skeletgezicht. Een griezelig gekreun echode over het dek.

'Laat jullie niet kisten, mannen', zei kapitein Kling door op elkaar geklemde tanden.

De bemanning van de *Zeewolf* stond onzeker opeengepakt.

'Hoe verslaan we die verschijningen?' siste Ned.

'Aye', fluisterde een tweede stem. 'Ze zijn niet van deze wereld.'

Plots slaakte Ned een kreet van angst.

'We zullen allemaal sterven!' gilde hij. 'Zie mijn handen. Ze worden groen. Ik verander in een spook!'

'Agghhh! Ned is vervloekt, net als wij allemaal!' riep een van de piraten. Hij viel op zijn knieën. 'Geesten van het diepe, wees ons barmhartig.'

Verwoed inspecteerde de bemanning van de *Zeewolf* zichzelf, en allen vonden sporen van de dodelijke gloed op hun huid en kleren.

'Zelfs jij, kapitein', huilde Fernando.

Kapitein Kling staarde vol afschuw naar zijn mantel. De manchetten en kraag baadden in een groene gloed. Een ogenblik lang voelde Sam zich hulpeloos. Als de dappere kapitein bang was, was er geen hoop voor de anderen.

'Binnen enkele minuten zijn we allemaal dood', jammerde Ned.

Wacht eens even, dacht Sam. *Ik heb dit goedje al uren op mij en ik ben niet dood. Wat gebeurt hier?*

Steeds meer geesten kwamen tevoorschijn uit spleten en vanachter kanonnen. Ze begonnen naar de bemanning toe te sluipen en lieten hun gekreun steeds luider klinken.

Sam was de wanhoop nabij. Als hij nu niets deed, zouden zijn scheepsmaten overwonnen worden zonder een gevecht. Als de smurrie echt spookachtig was, dan zou die allang vreselijke dingen gedaan hebben met hem. En toch voelde hij zich kiplekker. Wat betekende dat de brij helemaal niet spookachtig was.

Meer nog, het hele gebeuren deed hem denken aan een attractie in een pretpark. Ze heette

'Middernacht-horror'. Je vloog in het rond op een achtbaan die in absolute duisternis gehuld was terwijl allerlei angstaanjagende zaken opdoken. Je kon ze zien omdat ze beschilderd waren met licht-gevende verf. Bezaten ook de spoken een of andere substantie waardoor ze oplichten in het donker? Lichtgevende verf kon het niet zijn, want Sam was ervan overtuigd dat dat nog niet uitgevonden was, maar hij had wel al gehoord dat een bepaald soort zeewier licht gaf. En dat verklaarde ook de visgeur.

'Dit spookschip is niets meer dan een trucje!' schreeuwde hij.

Hij sprong voorwaarts en gaf de eerste geest een duw tegen zijn borst. Het spook gilde van verbazing en viel achterover.

'Ten aanval!' Kraai vloog van Sams schouder en greep met zijn snavel de skeletachtige neus van de geest beet. Hij gaf er een draai aan en het skelet-gezicht raakte los en viel in duigen op het dek.

De spookbemanning deinsde achteruit. 'Dat is geen geest!' riep Charlie. Ze schopte met haar voet tegen het been van de man. 'Hij is van vlees en bloed. Hij draagt alleen een masker!'

'Het is allemaal bedrog', vertelde Sam. 'Ze hebben zichzelf bedekt met dit slijmerige goedje om er als geesten uit te zien. Ook het schip hebben ze ermee bedekt. Toen we aan boord klommen, kregen we het dus op ons. Maar het kan geen kwaad – hoewel het vreselijk stinkt.'

Kapitein Kling zwaaide zijn kortelas flitsend in de lucht.

'Ik ben de kapitein van de *Zeewolf*', schreeuwde hij. 'Jullie spooktrucjes maken ons niet bang. Geef ons de schat en we vertrekken weer.'

De grote spookpiraat met de gloeiende kapiteinshoed en het afgrijselijke masker zette een stap voorwaarts. 'En ik ben de kapitein van de *Koningin Catharina*,' gromde hij. 'Jij gaat nergens heen. Niemand die ons geheim kent, blijft in leven.'

Hoofdstuk Elf

Het gekletter van zwaarden weerklonk over het schip toen er een gevecht op leven en dood uitbarstte tussen de twee bemanningen. De vijand joeg Sam rillingen over de rug. Hij wist dat het geen spoken waren, maar hun uitdrukkingsloze ogen en gloeiende kleren bleven angstaanjagend.

Hij hoorde een duivelse schreeuw en draaide zich om. Hij zag een figuur met een grijnzend masker op hem afstormen. Vliegensvlug sprong hij opzij en sloeg zijn kortelas hard tegen die van de man. De kortelas vloog in de lucht en Sam ving hem behendig op.

Nu had hij twee wapens om in de aanval te gaan! Zwaaiend met de zwaarden wierp hij zich in de strijd. De bemanning van de *Zeewolf* vocht dapper en was veel behendiger dan hun vijanden. Maar de spookbemanning had één groot voordeel: ze kenden hun eigen schip beter dan wie ook en waren gewend aan de mist. Ze konden verdwijnen en weer tevoorschijn komen alsof ze echte geesten waren.

Plots zag Sam hoog boven zijn hoofd hoe twee spookpiraten Fernando klemzetten op de touwen. Een derde hield een mes tegen zijn keel gedrukt. Sam klom omhoog en sneed alle touwen door waarop de schurken stonden. De mannen vielen met een luide gil op het dek.

'Ze hebben de bovenhand!' schreeuwde Sam, terwijl hij zich samen met Fernando aan de touwladders vastgreep.

Fernando keek hem recht aan. 'Niet lang meer', gromde hij. 'Kijk, hun kapitein staat onder ons — en hij is niet de beste vechter. We kunnen hem makkelijk aan.'

De kapitein van de *Koningin Catharina* stond
op het dek en weerde een behendige aanval van
Charlie af. Hij kon haar alleen de baas omdat hij
sterker was.

Fernando richtte en gooide
zijn mes door de lucht.
Het handvat trof hard de
hand van de kapitein, die
schreeuwend zijn zwaard liet
vallen. De twee jongens sprongen
in zijn nek en gooiden hem tegen
de grond. Charlie schoot voorwaarts en greep
zijn gevallen zwaard.

'Kapitein Kling!' gilde ze. 'We hebben hun
aanvoerder!'

Een schok ging door de spookpiraten heen.
De bemanning van de *Zeewolf* greep haar kans.
Kort daarop stond hun angstaanjagende vijand te
trillen van angst naarmate ze ingesloten raakten.

'Zet jullie maskers af!' beval kapitein Kling.
'Of zijn jullie te laf om ons jullie ware gezicht te
tonen?' De geesten gehoorzaamden. 'Gooi nu die
maskers overboord,' ging de kapitein verder, 'en
hiermee komt een einde aan al jullie laffe trucs.'

'Wel, wel, wel', zei Ned, die een snotterende schurk vastgreep en zijn gezicht in het maanlicht draaide. 'Als dit Jacko Rubber niet is. Ik ken je nog. Altijd een lafaard geweest.'

'Wel heb ik ooit, hun aanvoerder is Jeremy Smies', zei kapitein Kling met een schorre lach. 'Kon geen deuk in een pakje boter slaan. En ik zie ook nog anderen die ik me goed herinner.'

'Allemaal mislukte piraten dus', fluisterde Sam tot Fernando.

'Blijkbaar wel', knikte zijn vriend. 'Ze moesten zich verstoppen achter een masker om dapper te zijn.'

'Bind die snotterende bende vast en bewaak ze, mannen', zei kapitein Kling kordaat. 'Fernando, Charlie, Sam, jullie komen met mij mee. We moeten een schat vinden.'

Ze daalden de trappen af naar het ruim en schenen met hun lantaarns in het rond. Kisten en zakken lagen op elkaar gestapeld, elk tot de rand gevuld met dubloenen, juwelen en gouden schalen. De schat fonkelde en glinsterde in het lantaarnlicht.

Fernando floot zacht van bewondering.

'Dit is schitterend', sprak kapitein Kling, terwijl hij de buit inspecteerde.

'Jammer dat onze sloepen te klein zijn', zei Charlie. Ze trok een smaragdgroene halsketting over haar hoofd. 'Nemen we maar een beetje ervan mee?'

'Nee, bij alle donderslagen!' De kapitein had een brede glimlach op zijn gezicht. 'We lenen het spookschip. Zodra we de *Zeewolf* bereikt hebben en de buit overgeladen hebben, mogen de geesten hun wrak van een schip terughebben. Niet dat ze er nog veel mee kunnen beginnen nu hun geheim onthuld is.'

Algauw was het spookschip klaar om te vertrekken. De piraten van de *Zeewolf* lichtten het anker.

Kapitein Kling stapte op de gevangengenomen bemanning af. 'Welke koers?' vroeg hij. 'Vertel me welke stromingen ons uit deze duivelse mist voeren, want er is geen wind.'

'Ik ken elke stroming en elke rots in deze mist als de achterkant van mijn hand,' snauwde Jeremy Smies, 'maar ik vertel je niets. Over mijn lijk.'

'Hmmm', zei Kling, bedachtzaam zijn zwaard strelend. 'Dat is wel vervelend, want een lijk kan geen instructies geven.'

'Ik zwijg als een graf!'

'Dan zoek ik zelf mijn koers', zei de kapitein goedgemutst. 'En als we een rots raken en zinken, dan zijn we allemaal samen geesten.'

'Wat is hij van plan?' fluisterde Sam.

'Vertrouw de kapitein maar', fluisterde Fernando terug.

Kling greep het roer beet en draaide er hard aan. Het spookschip begon meteen voorwaarts te bewegen, getrokken door een onzichtbare stroming.

Fernando, Charlie en Sam stonden op de boeg. Ze zagen dat de *Koningin Catharina* recht afstevende op de rots waarop de *Falmouth* te pletter geslagen was.

Sam kon niet geloven dat de kapitein dit niet in de gaten had. 'Rotsen vooruit!' schreeuwde hij.

Met een grimmige trek op zijn gezicht hield kapitein Kling zijn koers aan. 'Aye, aye, Sam Sabel', riep hij terug. 'Maak je klaar voor een schipbreuk!'

De gevangengenomen bemanning begon te trekken aan hun boeien en smeekte hun aanvoerder om instructies te geven.

'Bek dicht, schurftige ploerten', gromde hij. 'Hij zal het schip niet laten zinken. Hij wil net zo graag in leven blijven als wij.'

'Dat mag je dan wel denken,' zei kapitein Kling vrolijk, 'maar wat zou dat leven betekenen, voor altijd verloren in deze vervloekte mist? Nee, ik houd deze koers aan en bezorg ons een snelle dood. We zullen in goed gezelschap zijn. Want daar ligt de *Falmouth* ons al op te wachten.'

De aanvoerder van de spoken begon ongemakkelijk heen en weer te schuiven. Weldra zou het te laat zijn om het schip nog te keren. Maar kapitein Kling staarde recht voor zich uit.

'Hard naar stuurboord, jij duivel!' gilde Smies.

Met een spottende grijnslach op zijn gezicht veranderde de kapitein van koers. Het spookschip schraapte over de rotsen en gleed toen verder.

'Dat was op het nippertje', fluisterde Sam Charlie toe. 'Even dacht ik dat we samen met de vissen zouden zwemmen.'

'Kapitein Kling wist wat hij deed', zei Charlie. 'Althans, dat hoop ik.'

'Sterren!' riep Fernando, wijzend naar de nachtelijke hemel. 'En de maan. We verlaten de Wolk des Doods!'

'Wel, alle scheepskoekjes nog aan toe', zei Ned toen ze heldere nachtelijke lucht bereikten. 'Het is ons gelukt. Daar ligt de *Zeewolf*. Nooit eerder ben ik zo blij geweest haar te zien.'

Het schip lag op een afstandje voor anker in de donkere zee. Zijn boegbeeld glansde in het maanlicht. Fernando schreeuwde een groet.

'Van hier af kunnen ze ons niet horen, kerel', zei kapitein Kling. 'Nog een beetje geduld. Straks komen we langszij.'

Maar plots weerklonk een ver gebulder en rees
een rookwolk op vanaf het dek van de *Zeewolf*.
Een kanonskogel plonsde vlak voor de *Koningin
Catharina* in het water.

'Ze denken dat we de vijand zijn', riep Sam
ongerust. 'Ze proberen ons tot zinken te brengen!'

HOOFDSTUK TWAALF

Nadat de rook op de *Zeewolf* was gaan liggen, zag Sam hoe de mannen vliegensvlug de kanonnen herlaadden.

Boem! Een verse lading kanonskogels was onderweg. Met een vreselijk splinterend geluid raakte een projectiel de hoofdmast. De mast smakte op het dek.

'We hebben de beste kanonniers in de hele Caraïben', mompelde kapitein Kling. 'Maar ik had nooit gedacht aan de verkeerde kant ervan te staan.'

Sam en Charlie holden naar de boeg, waar ze begonnen te roepen en met hun armen te zwaaien naar de *Zeewolf*. Fernando greep een stuk gehavend zeil, liep naar het einde van de boegspriet en probeerde te gebaren dat ze het vuren moesten staken, maar de kanonskogels bleven komen. De mannen van de spookbemanning kreunden en rukten aan hun boeien.

'Ik snijd je boeien door als het schip zinkt', stelde de kapitein hen gerust.

'Sein tot de aanval!' krijste Kraai, die ineengedoken zat op Sams schouder.

'Een sein, herhaalde Sam nadenkend. 'Je hebt gelijk, Kraai. Kun je naar het schip vliegen met een boodschap?'

Kapitein Kling keek naar zijn ring met de bloedrode steen. Hij trok hem uit en gooide hem naar Sam. 'Geef dit aan de… kraai, kerel', zei hij. 'Ik hoop dat Harry snapt dat die alleen maar van mij kan komen.'

Kraai greep de ring in zijn bek.

'Daar ga je, Kraai', zei Sam. 'Geef dit aan de eerste stuurman.'

Ze volgden de vogel tot hij nog maar een klein stipje was tegen de zeilen van de *Zeewolf*.

'Ze herladen, kapitein', rapporteerde Fernando.

'En we maken sneller water dan we kunnen hozen', riep Ned, wiens hoofd vanuit het luikgat verscheen.

Zich vastklampend aan de reling wachtte Sam op de volgende rookwolk die erop zou wijzen dat de *Zeewolf* alweer gevuurd had.

'Ze komen onze kant op', riep Charlie. 'Ze gaan ons opnieuw bombarderen.'

'Net zoals ik gedaan zou hebben', riep kapitein Kling uit. 'Op mijn ziel, ik ben een veel te goede leraar geweest.'

Iedereen hield de adem in, in afwachting van de volgende lading.

'Ze vuren niet, kapitein', zei Sam.

De *Zeewolf* vervolgde zijn koers in hun richting. Nu konden ze de gezichten van hun zeemakkers onderscheiden. Er lag een uitdrukking van angst en hoop op. Daar was Harry Hinkel op het voordek, die intens door zijn kijker tuurde naar de *Koningin Catharina*, terwijl Kraai op zijn kale knikker zat.

'Bent u dat echt, kapitein?' schreeuwde hij, en stak de ring op. 'We hebben een teken ontvangen van deze brave vogel hier. Maar u bent toch geen spook, hè?'

'Ik ben een en al vlees en bloed!' riep Kling opgewekt. 'Net als de bemanning van dit schip. Het was allemaal bedrog.'

'Dan varen we met plezier langszij', riep de eerste stuurman terug.

Zodra ze binnen bereik lagen, beval Harry touwen te slingeren om de twee schepen aan elkaar vast te maken. 'Het was beangstigend toen jullie verdwenen in die helse mist en we het spookschip er weer uit zagen komen', riep hij naar het andere schip. 'Ik vreesde dat we jullie nooit meer zouden terugzien, mannen. Ik had beter moeten weten.'

'En toen bracht die pape… die kraai ons het bericht', voegde Ben eraan toe. 'En zo wisten we dat jullie veilig waren.'

'We hebben zoveel meegemaakt dat jullie haren ervan overeind zouden gaan staan', riep Ned terug. 'Het begon allemaal toen…'

'Genoeg, Ned', zei kapitein Kling met een klap op zijn rug. 'Vertel dat verhaal later maar. Nu moeten we de schat inladen. En schiet op. Ik weet niet hoelang dit schip nog op zee blijft drijven. De kanonnen van de *Zeewolf* hebben hun doel niet gemist.'

Zonder het gewicht van de schat leek het spookschip enkel nog in staat om naar het dichtstbijzijnde eiland te sukkelen.

De ellendige spookbemanning werd bevrijd en aan hun lot overgelaten om hun beschadigde schip zo goed mogelijk te besturen. De *Zeewolf* ving de wind en schoot ervandoor.

'Noordnoordwest!' brulde kapitein Kling. 'Ik brand van verlangen om onze schuilplaats op Skeleteiland te zien. Deze keer bewaren we een deel van de buit en geven we niet alles uit.'

'Aye', ging Harry Hinkel akkoord. 'En we houden daar een gigantisch feest.'

Sam legde een hand op de reling, klaar om de uitkijkpost te bemannen. Kraai landde fladderend op zijn schouder.

'Spaanse zilverstukken!' krijste hij.

Kapitein Kling keek hem scherp aan.

Sam zag de bui al hangen. Hij herinnerde zich de woorden van de kapitein. De volgende keer dat hij naar de *Zeewolf* kwam, zou Kraai er niet meer zijn.

De kapitein schraapte zijn keel. 'Die... kraai heeft bewezen een loyaal bemanningslid te zijn', zei hij, van een veilige afstand. 'We hebben ons leven aan hem te danken. Hij mag aan boord blijven.'

'Dank je, kapitein!' riep Sam uit, die dichterbij kwam om de hand van de kapitein te schudden.

'Niet zo snel, jongen!' schreeuwde de kapitein, die angstig achteruitdeinsde. 'De vogel kan blijven... maar zo ver mogelijk van mij vandaan.'

'Aye, aye, kapitein', zei Sam dolgelukkig. Met een brede glimlach op zijn gezicht keek hij Charlie en Fernando aan.

'High five!' gilde Fernando, en stak zijn hand op naar Sam. 'En deze keer beloof ik je vingers niet te breken.'

De drie vrienden gaven elkaar een high five, waardoor Kraai bijna van Sams schouder viel.

'Storm op zee!' krijste hij.

Sam vroeg zich plots af wat er met de papegaai zou gebeuren als hij er niet meer was.

'Ga jij voor Kraai zorgen, Charlie,' vroeg hij, 'wanneer ik terugkeer... naar mijn mama?'

'Dat wil ik wel, alleen denk ik dat Sinbad dat niet zo leuk zal vinden', zei Charlie.

'Ik zorg wel voor hem', zei Fernando.

Sam grinnikte en bedankte zijn vriend. Plots voelde hij een vreemde tinteling in zijn vingers en tenen. Hij wist wat dat betekende — hij stond op het punt terug naar huis geslingerd te worden. Maar hij kon niet zomaar verdwijnen waar Fernando bij was!

'Ik heb mijn kijker beneden laten liggen', stamelde hij. Hij stormde de trap af naar de voorraadkamer, maar alles begon al te tollen. Een ogenblik later zoog de vertrouwde donkere tunnel hem op en gooide hem op het tapijt van de slaapkamer boven de viswinkel.

Sam sprong snel overeind en trok zijn schooluniform aan. Hij vond het eigenlijk niet meer zo erg dat ze een week niet mochten voetballen. Hij had een fantastische tijd beleefd op de *Zeewolf*, jacht gemaakt op spookschepen en op zoek geweest naar een schat. Bovendien wist hij dat telkens als hij dat wenste, hij terug kon keren naar zijn scheepsmakkers.

Maar het beste van alles was dat de *Zeewolf* zijn eigen permanente piratenpapegaai had… of kraai, als kapitein Kling in de buurt was!

DE BEMANNING

Charlie Vloothout
Dekknecht

Ben Bolder
Kwartiermeeste

Sam Sabel
Uitkijk

Ned Struismans
Bootsman

Harry Hinkel
Eerste
stuurman

AN DE ZEEWOLF

Sinbad

Kraai

Thomas Kling
Kapitein

Peter Kliekjes
Scheepskok

Fernando
Matroos

Original title: *Sam Silver Undercover Pirate – The Ghost Ship*
First published in Great Britain in MMXII by Orion Children's Books,
a division of the Orion Publishing Group Ltd, Orion House,
5 Upper St Martin's Lane, London WC2H 9EA
Text copyright © Jan Burchett & Sara Vogler MMXII
Map and interior illustrations copyright © Leo Hartas MMXII
All rights reserved.
© Zuidnederlandse Uitgeverij N.V., Vluchtenburgstraat 7,
B-2630 Aartselaar, België, MMXIV.
Alle rechten voorbehouden.
Deze uitgave door: Deltas, België-Nederland.
Nederlandse vertaling: Jan Vangansbeke.
Gedrukt in België.

D-MMXIII-0001-169
NUR 283